ドン・キホーテ異聞

國峰照子

思潮社

ドン・キホーテ異聞　國峰照子

序詞——Don Quijote のｉについて

ｉは主語のｉではない
ｉは部分でも全体でもない
ｉはうしろを振り向かない
ｉは正規の資格を持たない
ｉは線で二画で一角獣で
ｉは孤立をおそれない

ｉは絶壁でも燈台でもなく
ｉは語り草でも蚊柱でもない
ｉはひとつの解釈に九九れない
ｉは書物の虚実を疑わない
ｉは愛するものを拒まない
ｉは存在のなかの不審物
ｉは取りついたら離れない

DULCINEA

口上

某の名はドン・キホーテ・デ・ラ・マンチャ。これなる従者はサンチョ・パンサと申すもの。古里をいでて遍歴の旅のさなかに白衣の貴婦人方の前でこのような醜態をお見せするとは、某、頭が多少痛みはするがお気遣いにはおよびませぬ。それより、こやつがくるぶしを痛めた様子。膏薬と当て木を持ってきてくださらぬか。なんせ、うなぎはぬめりたくって階段まで押し寄せ、我らが足をすくったのでござる。

うなぎ

騎士《ドン》はちょうど貧血と鬱血の端境期にあった。従士《サンチョ》は城下町のうなぎ屋に案内したが、長靴を脱がせさらに甲冑を脱がせるのに手間どった。二階に上がるその間にも騎士は鼻をぴくぴく、目をきょろきょろ、日本家屋のなぞめいたおもむきを検証する。

——娼家ではあるまいな

……ご安心くだせい、うなぎと申す滅法うめえ川魚を喰わせる店で、観光ガイドに三つ星とありやす

——ほう、ここに木の切れ端があるぞ

……割箸と申しまして、これをふたつに割いて喰い物を挟んで口に運ぶのが仕来りとごぜえやす

――ナイフとフォークはないのか
……木と紙づくしの島でござんすから
――黄金の国と聞いたが、違ったか
……黄金は箔にして大仏の衣装や貴賓の間を飾るばかりで、庶民には縁遠いんすよ
――いずこも同じじゃな、農民は木の枝を削って様々に用立てるものよ、それにしても「うな重」とやら遅いではないか
……客がきてから活きたうなぎを割いて炭火で焼くので、その間この香りを楽しむのでがんす。仔山羊よりも結構な味がするにちがいねえ、向っ腹がおどりだすじゃござんせんか
――待たせるのが当たり前だと　客は神さまと聞いたが
……うなぎの神さまはここの主人でやす。捕らえどころのないうなぎの首根っこに一瞬で釘をさし、天国に送る神業だそうで
――おお、その釘とわしの槍とどちらが素早いか、試してみよう

……そりゃいけねえ、旦那さま、競う相手がちがうざんしょ

引き止める従士と気負い立つ騎士はくんづほぐれつ階段を転がり落ちていった

四月に真冬の木枯らし　啓蟄の虫がうろたえ
飛びこんでくる　提灯もふるえる樹間に白塗
りが　隈どりが　青面が行き交う　今年の舞
台は長い　櫻が見得をきる花道で　暫　しば
らくと聲かける曲鼠もいて　奈落で目覚めた
蟹が　気まぐれな　春の心棒を廻している

曲鼠《くせねずみ》

（ト書）

柱のうら、梁のかげ、床下から
噂を集めた忍びの鼠が
舞台の天井裏にかけあがる

——ドン・キホーテがまたやらかしたぞ
——動物園でライオンの檻を開けちまった
——それで喰われちまったか
——折しもライオンは好物のヒュを食べていた
——それでどうなった？

（ト書）
鼠たちがささやき合う
瓦が片耳をそばだてたので
庇が池之端のほうへすこし傾く

――ライオンはおこったろ
――名乗る間もなく爪の一撃をくらったか
――いやいや尻を向けて無視したのさ
――詩人は同類に会うのをきらうからな

（ト書）
ライオンが詩人と聞いて
韻より四股をふんだほうがましだ

大黒柱が笑った

――「ややや我こそは」とドン・キホーテは吠えたろ
――騎士は向かってくるものにだけ手向かうのだと
――でどうした
――後ろ姿に慇懃なあいさつをして立ち去ったとさ
――檻のとびらは開けっぱなしでか

（ト書）
巨人の眼と間違えられたらコトだ
鼠の小頭はあわてて入り口のネオンサインを消した
闇の中に赤目だけがひかっている

某が間違ってたとは思わない。天地が吠えたそのとき、魔術の煙幕のむこうに、たしかに姫の手が見えたのだ。一瞬、わが心臓は歪み息止まり、唇は上と下に別れてしまった。

大曲

なんだこれは、空が裂けた！　天空の異変だ！

ここは花火師と申す業師がそれぞれ腕を競う競技場でがんす
旦那さまの騎士道と似たようなものでがんしょ

腕を競って姫を娶ろうというのか
さすれば　この幾筋もの光の糸は囚われの姫の涙
このはらわたに響く音は姫の救いをもとめる悲鳴か
無法の城主はいずこに？

河向こうの葉隠れに仕掛けがあるようで　旦那さま
これはすべて化合物のなせるイリュージョンでがんす

つべこべ申すな　妖術にたぶらかされたか
サンチョよ
その長い舌で眉をなめておるがいい
現象のうらに真実は隠されている
うるわしの姫が呼ぶ　いざイリュージョン城へ！

流れに馬をすすめる騎士はドドンドンと跳ね
ヤアヤアとわめいて流されていった

白い魔法使いと黒い魔法使いがいる。
人は兎角、色にまどわされるが、鴉が黒いとはかぎらない。鳩が平和とはかぎらない。
木漏れ陽の中に白と黒の鍵盤のような鳥もいる。

エコー

渓谷はもの思わせるところ
清らなせせらぎにふと口をついてでた
《川のニンフら、悲しげな濡れたエコー*》
騎士がひと節つぶやくと
向かいの樹間で小鳥が囀りはじめた

esdges cisb-b-b
esdges cisb-b-b

悲しみも憂いも知らぬ魔法使いよ

fagd-hab eisd ahaha

なにをたぶらかそうとて現れるのか
gdisgdis-gec-c-c gdis

ニンフらの恋のセレナーデをきけ
eisd ahahacisb-b-bash

かぐわしき姫へのわが捧げもの
fagd-hab eeh gesas-afis

邪悪な鳥めがまたつきにくる
c-c-e hba-cisc-c-eash-eash

だまれだまれ　まね鳥め！
騎士が槍をかまえると
さっと飛び立った邪舞邪舞鳥《ジャブジャブチョウ》＊＊

hba-gisgfis-fedisd-cisc

濡れたエコーを十二色に染め分け
消えた

＊《》内はドン・キホーテの詩句
＊＊『鏡の国のアリス』矢川澄子訳語による

海を一枚めくると
丘の上のバス停だった
狭間で郭公が鳴いていた
矢印にしたがう
すぐそこに歴史上最古の
セルバンテス教会があった

観光案内

裏ニオマワリ下サレ

扉に貼られた
張り紙が剝がれそう
蜜蠟と風がせめぎあっている
蜂が耳をかすめる
くもの巣をはらいながら横手へ

忍耐　ソシテカードヲ切レ

横倒しの看板を起こして
わきに寄せ
正気狂気の境目の
なお曖昧な小道をゆくと

ココロハ暗イ穴ノドコニ

地を這う
文字列に足をとられた
兵隊蟻が地下へ地下へ
とめどなくもぐっていくのを見る

運命ノ風ガ私ヲ押シ進メル

石壁の落書きを読んでいると
いきなり鳥の羽撃きに
おどろかされた
仰ぐと金盥を伏せたような大屋根に
足輪をつけた
大鴉が止まっている

ウラァ　ウラァ　ウラァ

一声ごとに舌が伸びて
垂れ幕のように降りてくる
この辺りの地図が描かれているらしい
北も南もない　ただ
現地点を示すココが

剣先に突かれたように
赤くにじんでいた

霧の野っ原に
陰々と流れくる経文
ゆらめく火影と白装束の群れ

葬列

――あいや　騎士の面々
――どこから来てどこへ参らるるか
道の真ん中で仁王立ち
憂い顔の騎士が大音量で問う

輿に乗る黒いひつぎ
馬上の白い頭巾は答えず
手に手にかざす松明が間近にせまる

――あいや　面妖なものども
――お止まり召されい

道の真ん中でさえぎり
遍歴の騎士が槍をかまえる

進むべき道をポコアポコ
葬列は急ぎもせず止りもせず
異形の騎士のからだを
素通しに抜けていく

《死人は墓へ、生きた者はパンへ》

従僕は冷肉料理で
すばやく騎士の空虚《うつろ》をふさぐ
一晩たてば
詰め物の胡椒がきいてくる

開園午前九時、閉園午後五時。月曜無料開放。
K駅より徒歩三十分、一時間に一本送迎バス有。

パブリックな庭

＊

噴水の前で、

半回転させた頭部が股をくぐって東を向いている。ねじれた姿勢で停止してしまった肌色のレオタード。股ぐらはしっかと首をくわえこみ、にっちもさっちも行かないところで固まってしまったという格好。困惑の表情すら使い尽くしましたと、引力のままに垂れる白眼、化粧脂のひびわれた鼻頭。表情がかつてはらんでいたであろう心の痕跡はなく、顔が顔であるしるしの孔がそれらしく空いている。これはパフォマンス、一時の擬態なのか。それともこの男に降ってわいた呪いなのか。内側で時間は流れているのに表皮を巡る時間だけが水白粉で硬化してしまったようだ。触ると暖かい、息はしている。助けがいるか、と聞くと、唇がすこしゆがんだ。何をやってるのか、耳をよせると、中世の騎士の彫像、と声にならない声でいう。ふたりは顔を見合わせた。サンチョが蹴ろうとするのを制して、ドンは像の腋の下をコチョコチョ。形はたちまちほどけて、眼を剝いて走り去った。

＊

養生中の芝生に、

空のバケツを提げたひとが行き来している。すれ違っても目も合わせない。この庭にどんな規律があるのか、何がはじまるのか、何かがおわったのか、立ち止まりしかつめらしく腕時計を見るひと、水っぽくほほえむ美人、それにチック症の老人もバケツを提げてゆく。

風が乗るブランコのようにパブリックな磁気がどこかで釣り合っているのか。帽子をまるめるひとが感動的なくしゃみをしてゆく。この中に憧れの姫がいるのではないか。しかし美しい偽物には気をつけねば。ひとりひとりの傷口をさぐると物事はややこしくなる。よい感傷わるい感傷すべて半々に、さすれば剰余を期待しなくて済む。寂寥も焦慮も長旅には禁物。空のバケツが求めているのは時空の隙間に差し込まれた真っ赤な蛇口かもしれない。

＊

絵本館の前で、

燃え落ちる夕陽を横目にとぐろを巻いたロープがふたりにからまってきた。どんな絵本から抜け出してきたのか。サンチョが首をひねると、

……生まれなんてどうでもいいこと、あたしはあたしよ

ふたりとも足首のずるずるが気になるが、邪険にふりはらえばキレルだろう。だれにも解けない輪にして投げてやろうか。ちょうどよい枝ぶりに、

……金の鞭で女王は騎士を何回打ったか…やるせなさの裏側は何枚か……留守番してるのは絵、それともことば……ドウドウ鳥と小亀はどっちが速い……ロバのあたまに角を付けたらなんと啼く？

解けないとけない　わーひどい、ひどいわー

泣かせてしまった。

メランコリ／アンコリ（ゆううつ／おだまき）雨期
は繰り返しやってくる双子の姉妹　生まれながら喜劇
を演じる茶眼　血塗られた蝦蟇の口　マグマの吹き出
した赤鼻　失くしたことばをさがす象の耳　タイツに
大靴　とすべてそろった　鏡の中の　メランコリ／ア
ンコリ　そら　音もなく　雨がふる　雨がふる

ファンレター

拝啓
突然お手紙を差し上げる失礼をおゆるしくださいませ。
わたくしは貴方がお立ちよりになったKサーカスの道
論玉から転げ落ちたりロバのしっぽにつかまるわたくしのことを
ご記憶にないでございましょう。　桟敷の　　　　あこがれの騎士を
見たとき、わたくしは思わず　　　　　　　　　ました。あれ以来
貴方のお姿を思うたびにわたくしの足がふ　　　つぶれそうにな
ります。あの日、貴方はそこに恋しい方が　　　　のように、恍
惚とした眼で、宙をとぶ影ばかり追っ　　　　　　したね。わ
たくしは貴方の眼を釘付けにするその影になりたいと思いました。

あの日から、わたくしは空中ブランコにいどんでおります。運動の慣性さえ、後ろ向きでも、目をとじていても踏み板は向こうから吸いくるものです。時に危うく見えるのも芸でございます。それべれば、地上の芸は退屈ないです。楽隊はごまかしです。連打するドラムがふに止み、静寂が重く耳を圧するとき、わたくしは気ちがい方の胸に向って跳んでみせましょう。貴方のこころをする、これほどの至福があるしょうか。どうかもう一どくださいませ。

一年に一度ご当地をめぐりまもうすぐです。

敬具

ブランキー

六月吉日

文明はどこから始まりどこで終わるのだろう。均すことのできない時間《とき》の隅々に確固たる場を占める筆跡。碧緑のシェードが照らす極薄のかげ。

ライティングデスク

血糖値の高すぎる恋文、辻褄の合わない遺書、我儘な申し出、盗品の目録、三行の詫び状、十六世紀の記述、反故、慎ましい随想、叡智と気魂にあふれた意見書、手のこんだ脅迫文、結婚披露宴の司会メモ、解読不能な候文、離婚届、朱入りの能書き、カデュヴェオ族とボロロ族の奥歯が咬み合わない合意書、若くて粋なドアマンを求む広告、水掛け論、饅頭の詩、午後一時半の署名、海ザリガニの投壜通信、白い盲導犬の茶色の話、カイゼル髭、新種のなみだ、崇高な無関心、某国の悪口、マンデー・サンデーと呼ばれる猫、頭痛もちの便箋、地中海出のパイプ、裏面から見る新世界地図、三百年にわたる筆圧、セルバンテスの軋り、世界を攪拌する文字、黙秘。

「八十五年に滅ぼされず、八十六年に死にもせず、八十七年に殺されもせず、八十八年に墓場入りもしない人は、八十九年に〈良いお天気で〉ということだろう。」

種村季弘『アナクロニズム』より

こんな凶々しいビラがばらまかれた不安な時代のこと。

夢魔

天国
吝《ケチ》ッタヒト
ハラ九九《クク》ッタヒト
痴《コケ》タヒト
納《ドモ》ッタヒト
弄《モテアソ》ンダヒト
縮尻《シクジ》ッタヒト
八字《やジ》ッタヒト
自模《ツモ》ッタヒト
幽奥《ミスチック》ガ

虎班《マダラ》ニ煮エタツ
天国ノ八釜《ヤカマ》
旋《ヤガ》テ
清《スズ》シイ
乳酪《バター》ニナルヤヨシ

着陸

ウソ八百ノヒゲ
シュンジニ剃リマス　　理髪店

スッポンヲ
静カノ海ニ放ソウ　　養殖業

本日ノ格言
他山ノ石ヲ持チカエルナ　墓石屋
国旗ヲ無風デ
ヒルガエシテミセマス　写真店

泡

老いたおとこの
夢の閾にひそむのは
豚の頭《かしら》をかぶった魔女たち

あらたに
攫われてきたこどもらが

猫にされ
しゃぼん玉を吹いている

思い思いに回る
おおきな泡　ちいさな泡

すきとおる膜に
遠心力ではりついた古里の村
逃げ惑う人々がはっきりと見えた

連綿とつづいてきたつましい暮らしが
つぎつぎに割れ　生まれ　割れ

眠るおとこは泡のなかにしずむ

山の端に夕陽が落ちて、あたりは藍色の尊厳にみちる。遍歴の一行に〈金髪の月〉があがった。

星座

風凍る夜
野宿するロバに星の弦楽がふりそそぐ

なぜロバなのか
なぜ人でないのか
（母を困らせた問い）

神が骰子をふった
星は（目配せ）
答えてはくれない

ひときわ目立つオリオンは
つぶれ顔の騎士さながら
左手に楯
右手にこん棒をかざしている

とりまく星屑のなかに
星の荷車を曳く一族が見えた

ロバでいい（ロバがいい）
イーヨー
母の声がした

ドン・キホーテとロシナンテ、サンチョと灰毛驢馬、
四つの影がおどっている。真冬の快活である。
贋の紋章をかざし、時空のあみだ籤を角角にすすむ一行。
いざなうのは蜜蜂の羽音か、名もない痺れ草か。

門付け

女たちのふしぎな唄声と撥音
盲目にされた姫が唄っている

頰かぶりに菅笠
杖をつく　四人連れ

先導する男の子がふりかえりふりかえり
　姉さよぉ　落ち武者のようなものが
　　ずっと付けてくるがぁ

後尾の年嵩は亡霊を祓うように杖をふる
　聴きたけりゃ銭を払いなよ
聞こえよがしに中の女

唄い手の少女がもんぺの裾から
　紅いしずくをこぼしていった

足元から吹き上げる雪は
憑き憑かれるものの来歴を
瞬時に攫っていく

左手をからめるひとの酔いにもつれた糸くずは貝柱のような執着《しつこ》さ
赤鼻のあたまを摘んでその手の置き方にご注意あそばせ

焚火

サンチョがひとりごつ
犬が尾をふるのか
尾が犬をふるのか

犬がうす眼をあける
舌がサンチョを語るのか
サンチョが舌を語るのか

そりゃそうだ
舌がおいらか　おいらが舌か
自分でもわからねえ

炎がゆらめいて告げる
闇があるから炎が見えるのか
炎があるから闇が見えるのか

やれやれ
ことばってやつは
噛みしめるほどわからなくなる

来し方行く方　空漠の絹ずれ
ことばの揺籃に生まれたばかりの
いとけなき　音の芽
そこにある意味をしらず　もの
とものの名をつがい
波がしら　くずしてゆく

春さめて

春さめて　さく　さくれば　さくるほど
芽　ぬれぞ　めく　さみどり　れうらん
入り　いたり　たり　すももも　ありき
手てこ　てこ　てなれたり　たか　ちほ

かぜかほる　そら　ぽりふぉにー
いま　かんしょうの　なめくちて
うれし　かなしも　ひふ　みよと
しぜんの　かいか　くぐり　いさ
うご　てんせいの　あめ　もこん

なごりの　はんせつも　たちまち
てるて　かげるて　きの　ままよ
もすそ　はしおり　いつ　むなの
わくらばも　ららら　うたひまた
たらちねの　わかれ　そのよきひ

春さめて　さく　さくれて　ふとみれは
左　なれぞ　や　このとおに　ゆめみつ
目く　めれり　めも　るると　なみだつ
手てこ　てこ　てなりたり　さくらさく

ユビュ王（アルフレッド・ジャリの戯曲）はポーランドを征服し、貴族や裁判官の首をはねるなどの圧政を行う。そののち先王がロシアに助けを求めたため、ロシア軍との戦争が勃発。戦いに敗れ、ユビュ王とその家族は国棄丸という船に乗り、浪々の旅に出た。

噂の腑分け

酒《毛》狂う男ありて　愛憎《臓》　千々《乳》に乱れ　神《髪》頼み　拝《肺》殿《臀》
の銀杏《腸》も柏《皺》も　深《心》閑《肝》として　落葉《歯》ひとつ無し《脂》、
逃げた嚊《踵》と　ユビ《指》ュおやじが　葡萄《頭》畑《肌》で　こつ《骨》そり
逢い引《鼾》きしていると　近《筋》処の噂　聞こえ《聲》きて《手》、
男　拳《節》振り上げれど　へ、そ《臍》りゃ粋《息》な話《鼻》ですね《脛》　と
神主　のど《喉》かに微《頬》笑む計り、
悪《脚》き卑下《髭》の炎　また《股》ぐらぐらと男を釜茹《眉》で　苛《胃》む処

「薔《腹》薇　李《腿》　蚯《耳》蚓の恋も　日め《眼》くるほどに　色褪《汗》せむ　とサンチョ　明晰《咳》に　慰《嚔》めれば　次いでドンが「憎《肉》し《染み》みの　ぐ《首》ひ飲みを　あし《舌》たの川《皮》藻に沈《爪》め　夕べには　無《胸》念に遊ぶ　吾《顎》子眠らせ《背》　過ぎ越《腰》し　蜜月《尻》思《面》ひ　梔《口》の　女《尿》房の戻るを　待ち《血》たまへ《屁》　と諭す。

物《脳》憂く跪《膝》く男　やがてくく　くくくと　笑い転げて「ユビュ王一座の　われコキュの役　稽《絆》古の相《肩》方をば愉快《腕》なアドリブで　納めてくだすったわい。

さてもさても永のご彷徨《ほうこう》を愛で過疎が島の太守にと、混戦《あや》なす殿《ドン》に仰せつけられ候ところ此の島は来る日も来る日も干物と刺身、げに夢は墓無く故郷をはせめぐるはせめぐる。

一条の涸れ川よ泉よ。灰毛驢馬のかなわぬ恋よ。ラ・マンチャの荒れ野に実る葡萄の房、香わしいワイン、白チーズ、婚礼のパーティよ、この合間《しゅんかん》にも広場には「腐れ鍋《オジャ・ポドリーダ》」が煮え立っておろうぞ。

塩豚三枚肉、塩抜きハム、豚鼻二個、豚耳二個、豚足の切身四本、新鮮な腸付き猪豚、豚ソーセージ、去勢鶏二羽、野兎の下半身の切身、雉子二羽、またつぐみ、うずらもあらばあれ、大蒜、タマネギ、キャベツに栗豆《ガルバンソ》もぐつぐつと、フェリペ二世も唾をのむ大鍋をたれか汁らん。返せやかえせぇ。

今宵の月もやせほそり　今宵の月もやせほそり。

藤の木

山肌にへばりつくうねうね道をのぼっていくと、海の反射が眩しい大砲岩でひとり舞う翁をみた。山ではじめて出会ったそのひとは藤の木を背に小腰を落とし、摺り足で時を丹念に織りあげているようだ。この貧しい島の地積を調べにやってきたサンチョは測量の計器を下ろし、翁の舞い了るのを待った。

……抑《そもそも》、此の島は月の腫物《はれもの》にかぶせし
　　護謨の帽子なれば
伸び縮みめくれ凹みて　鬱勃いまだ止まず

足踏み鳴らすこの岩の
海抜何米何がしと標せども　明日は知れず
机上の偽りのすぐ失せにける
さても空しく飛び散る詩片かな
詩片かな

天秤をかついだ風船売りがはるか下の浜をゆく。どこかでキツツキが幹をたたいている。日はまだ燦々とあるが、きのうときょうの間に何が起きたのか。計器の針は落ち着かず、四月五月はさっさとうしろ向き。日めくりも黄金にかがやく若葉のなかに霞んでいる。

……されどむかし

一幅のうつくしゅう絵図を眺めしこと有りけり
時の瀬の幻鏡のごと　くじらの群れふいにあらわれ
　蒼き山波ぬれた尾鰭が見え隠れ
此の島をつぶさに写して去りにける
　村人総出で祝い　後々に語りつぎぬ
実《げ》にまことの絵図と申すべきや
まことの絵図と申すべきや

帰りなんいざ　牧人キホーティス（元騎士ドン・キホーテ）は　三十四基の風車に語りかける　小麦は健気に打たれておるか　家々は沸騰し　村は太平に熟しておるか

帰去来

サンチョの妻　テレサ・パンサは　じゃじゃ馬の娘を装わせ　嫁ぎ先の貴族を紹介してくれる　月下の騎士《ドン》を待ち構えている　母親の幻想の鏡には　一点の曇りもない

灰毛驢馬は　相変わらずの名無し驢馬　荷物が片寄り　擦れた傷が痛んでも　嗅煙草さえあれば　泥濘の側道《そばみち》も鼻息ですすむ　あのこが待つラ・マンチャは近い

気だてのいい姪　アントニア・キハーナは　化粧台に座る　眉は新月　口元は落日　片えくぼの愁いを何度もためして涙ぐむほどの優

しさを確認する

年老いたロシナンテの　鼻孔は満開　豚のさざめきを嗅ぎ　ひずめ
は記憶の砂を蹴る　忘れていたなにかしら　が一気に走り　糞をぱ
たんぱたん落として行く

床屋のニコラス親方は　巨体をゆさゆさ　今夜の祝宴に供する鶏を
半刻も追い回している　すすんで椅子に座ってくれる鶏はいない
蒸しタオルはとうに冷えてしまった

村を見下ろす丘で　サンチョの胸は躍る　嬶に何から話そうか　い
や　両手に銅貨をのせてやろう　あんた立派になって　と涙でしわ
くちゃな顔　思う

家政婦は　庭の大釜で湯を沸かしながら考える　旅装束を取り　手足を洗い　下着を脱がせ　体と虱を丸ごと煮沸するのに　一体　何杯の湯が要るか　どれほどの薪がいるか

学士サンソン・カラスコは　喪然《がっかり》だ　純粋な偏向を正すには別の偏向しかない　ドンがしおらしく戻ってくるという　聖なる毒気を抜かれてしまった羊飼いに　旨味はない

司祭はキホーテを迎えるにあたって　かの迷妄を晴らすべく聖書の第何章何項がふさわしいか　もういちど『ドン・キホーテ』を最初から読み直している

補遺

一筆啓上

〒
❾❻❶
❷❸
❶❸❼❹❿
❽❾❼❹

Don

くろい
ふみ
いみなしと
やくなよ

〒
七十七九
二四
三七二
四六四九

Sancho

なんとなく
ぶじ
みなに
よろしく

御品書

あたたかい麺類

かけ　込《こみ》身《み》手《て》丁《ちょ》居《い》戸《と》温《ぬく》守《も》留《る》旅《たび》烏《がらす》　四百五十円

たぬき　立《た》地《ち》月《つき》夜《よ》之《の》晩《ばん》似《に》玉《たま》尾《を》揚《あ》毛《げ》　五百円

きつね　良《ら》波《は》頭《あたま》二《に》油《あぶら》揚《げ》井《い》々《い》湯《ゆ》多《だ》菜《な》　五百円

玉子とじ　平《ひら》意《い》手《て》行《い》句《く》也《や》相《あい》合《あい》傘《がさ》　五百五十円

月見戸羽啜留琴可戸山猪聞《とはすすることかとサンチョきき》　五百五十円

かき玉野葛詩手生着留守余生加奈《のくずしていきるよせいかな》　五百八十円

山菜派灰汁迄青句髪尾染《はあくまであおくかみをそめ》　五百八十円

つめたい麺類

もり伊知舞通者粋尓佐渡多津《いちまいつうはいきにさっとたつ》　四百五十円

ざる唄卯黒花弁散良須戀《うたうくろいはなびらちらすこひ》　五百円

天ざる野三猿着飾噂加奈《のみざるきかざるうわさかな》　八百円～

季節もの

ひやむぎ之亜椅子箪笥我膝揃《のアイスダンスがひざそろえ》　五百八十円

なべやき波熱々之仲他人之戀《はあつあつのなかひとのこひ》　七百円

ご飯の部

親子丼産列多羽刈手介護巣留《うまれたばかりでかいごする》　六百五十円

カツ丼羽化粧直尾二度模仕手《はけしょうなおしをにどもして》　七百円

牛丼画小間切多身尾恥等居《がこまぎれたみをはじらいぬ》　七百円

喜呆亭丼悲劇喜劇之風車祭《ひげききげきのふうてんさい》　七百五十円

天丼波黄威之鎧品戸跳《はきおどしのよろいぴんとはね》　八百円〜

大盛りは七十円増し

セルバンテス通り二十六番街Ｂ１

手打蕎麦　喜呆亭（月曜日定休）

歓迎会

千六百十六年四月二十三日*

寒爾萬的《セルバンテス》と沙翁《シェイクスピア》、ふたりが顔を合わせたのは元和二年のこの日がはじめてであった。天上の歓迎会の席上、「この麗しい詩月の佳き日、貴賓のお二方を同時にお招きできたのはこの飢ない養老媚びでござる」と熾天使《セラフィム》はたいそうご機嫌な祝辞を述べた。彼は下界の書物をすべて毒破するという読書家であったが、とくに洗新《フレッシュ》なものを好まれ、さらに諧謔《ユーモア》や劇的《ドラマティック》を最上位とされていたので、ちかごろの天上の日々是口実、駘蕩のきわみには真面目に退屈しきっていた。

　序の口エンジェルたちの肩にはまった所作、菓子困った答えには欠伸しか出てこない日々、そこへ珍客の二人が相次いで到着したので、まことに奇聞をよくし、歓迎のパーティに真似いたのだった。

「天国にようこそ　おふたりに完敗」

熾天使は嚙んだかい聲で洋盃《グラス》をあげた。

寒爾萬的と沙翁は顔を見合わせて「お互い死に損なったようですな」と含首合《うなずき》った。さて宴も程々になると、請われるままに沙翁がソネットを朗唱、寒爾萬的は負けじと思い姫への頌歌をうたった。ついで熾天使がデュオを求められたのにはいっしゅん退避《たじろ》いだがそこは柔軟《やくしゃ》なご両人、女役《ソプラノ》、男役《テノール》を交互にふって宴はさながら春祭の女神刈《ミュージカル》と化してしまった。

こうして天上を煙に巻いたふたりは座付き劇作者として永遠を約束されたという。固辞《ことわ》ったのはいうまでもない。獄舎のほうがまだマシだ。

＊下界の記述によれば、セルバンテスとシェイクスピアは同年同月同日に没したことになっているが、スペインのグレゴリウス暦と当時のイギリス国教会の暦では、何日かずれがあるらしい。

ウオノメ

今は昔、ウオノメに悩むひとりの老婆有りけり。幼きより掌に出来たるウオノメを気に病み、針で突くうちに、なお硬く意固地なものに育て上げたり。若かりける時、この人こそと思われる恋人ひとりふたりは有りても、手をつなぐのが憚られ、なかなか心開かぬまま恋の季節は空しく去りぬ。

手を見せぬは心を見せぬ理《ことわり》なり。然れば、女に話し寄る男も無く、孤り愛憎をウオノメに傾け、山野を逍遙《さまよい》、あらゆる薬草を蒐め集めて、密かに炒るや焼くや、亦、蒸すや漉すや、乳鉢の溝も摺り減るほどにウオノメの膏薬に勤しみ、腰は更に曲がり、目は股の間より覗き、後ろ向きに歩くのを常とする有様。人みな「逆さババ」

と呼びて挑戯《からかい》けり。

然て、その噂を聞き及びし西班牙《いすぺにあ》にドン・キホーテなる男有りけり。此の者も予《かね》てより足のウオノメに悩まされ居るところなるに、「事の次第をば我れにぞ行はせんずらむ」と思ふて、女の門口をば訪れぬ。常ならば錠を下ろした木戸、この時許りは春風の道を一筋明けるが如くひらき居たり。男大声にて「我も亦予てよりウオノメ育てる者なり。噂高き媼《おうな》のウオノメ一目拝まんとぞ参りきたりぬ」と呼ばはれば、媼は家に招じ入れたり。

此くて、老婆神棚の前でおもむろに其の手ひらいて見せれば「此は見事なり」、掌中のウオノメはふたつ、黒曜石の如く照々《てらてら》と艶めき、吸ひ込まれんばかり。老婆は「いつしか我が眼より世の移りをば見透す目になりけむ」と笑みを湛えれば、男は「此かる微妙《めでた》き財《たから》なれば、更に慈しみ合はむ」と云ふて、ふたり足と手と合わせて悦び合ひたりけり。

その後、此の家を覗き見たる家主は、近来《ちかごろ》遙かに来たる異人は前生の機縁ありてこそ其の家に住むらん、極めて楽しき余生にて有りなるとなん、語り伝えたるとや。

蛸系ウイルスのススメ

ウイルスは文明と共に発生したおそるべき何かである。そのかたちは主に球形だが、他に楕円形、砲弾形、螺旋形とあり、さらに珍種として蛸系ウイルスがある。

抑、ウイルスは細菌と異なり、細胞やリボソーム、すなわち化学工場を持たず自身で代謝を行なはぬ。その意味では生物でもあり無生物でもある。中でも蛸系の自己複製装置は読む（め）から書く（て）へと時代を超えて異常繁殖をみせること屢なり。此れはパピルスの時代、記述の海にひそんでゐたものが何時となく不死鳥によつて運ばれ、人類を宿主に選び、吸着し、墨を吐き、贋作やパロディと申すコピーが増産されるに到つたと推測される。

ときには一過性で了ることもあるが、やはり時代を経て幾度も変移をくりかへしてきたものが感染力強く、とくに生か死か、の根源の悩みにかかはるは強力で、多くの死者を出したと記録が残つてゐる、一方、鬱々たる病いを癒す効用をもつものあり。其れは宿主の体質、免疫の如何で異なる。情感に沁み入るウイルスは涙のカタルシスで熱中症をおこし、かたや諧謔のウイルスは概ね知を刺激し、苦味や酸味で笑ひの旋毛《つむじ》から発熱する。

後者の明らかな症例が西班牙を起源とする騎士物語である。生み親の生存中に続編をものするエピゴーネンが出たりする。その勢ひは我が本草学を以てしても阻止する手段《てだて》なく、然れば、毒を以て毒を制するが肝要と思はれる。依て、諸君は年少のうちに種々の蛸系ウイルスに感染しておかねばならない。

不自由な国の「為にする」ウイルスが隠微にばらまかれることあ

りても、ユーモアのエレキテルで凝りをほぐして呉れる、これ即ち免疫の徳である。

＊免疫学教室における平賀源内の講義録より抜粋

ろま

ろまろまろまろまろまろまろまろまろまろまろまろ
うおーれんまうおーれんまうおーれんまうおーれん
ま　うおーれん　うおーれん　うおーれん　うおー
かまっつ　しょーれん　かまっつ　しょーれん　か
まっつ　しょーれん　かまっつ　しょーれん　かま
っつ　しょーれん　かまっつ　しょーれん　かまっ
つ　しょーれん　かまっつ　しょーれん　かまっつ
しょーれん　かまっつ　しょーれん　かまっつ　し
ょーれん　かまっつ　しょーれん　かまっつ　しょ
ーれん　かまっつ　しょーれん　かまっつ　しょー

れんかま　　　　　　かま　　　　　　かま
　　　　しょーしょー　　　　しょーしょー　　　しょー
かまかま　　　　　　かまかま　　　　　　かまか
　　　　しょうしょう　　　　しょうしょう
ま　　　　　　　かま　　　　　　かまかまかま
しょうしょう　　しょうしょう　　しょうしょう
かなかな　　　　　　かなかな　　　　　　かなか
　　　　しょうしょう　　　　しょうしょう
な　　　　　　　ろまろま　　　　　　ろまろま
しょうしょう　　　　しょうしょう　　　　しょ
うしょう　　　かなかな　　　かなかな　　　かな
　　　　しょうしょう　　　　しょうしょう
どんまいどんまいどんまいどんまいどんま
いしまうましまうましまうましまうましましま

しまいしまいしまいしまいしまいしまいしま
ぴーまんにこぴーまんにこぴーまんにこぴーまんに
ぴーまん　　　ぴーまん　　　ぴーまん
ろまろま　　　ろまろま　　　ろまろま
きーまんきーまんきーまんきーまんきーま
んいきのいきのいきのいきのいきりいきのい
きのむいきのむいきのむいきのむいきのむ

＊断片的な言葉のループが組み合わされ、しだいにずれてゆく音の万華鏡。スティーブ・ライヒの作品『Come Out』に触発され、ロシナンテがうたった唄。

100台のメトロノーム

82横から斜めから76ふいにオン54眠気さめぬ112時代にかまわず72お先にどうぞ100百打ちの舌54あなたの肩に92朝だ昼だ夜だ50驟雨にずぶ濡れ132こんなに明るい42ほんとうそほんと160さてがのびて176のびていく96イカロス的旋回63ずうっといちにち108首ふって72おじぎする84いちりんしゃの92具合いが泣くまで44シンプルな尻116今日も干した80錯角通り92一粒の空地に120舌びらめが69三周遅れて132鈴舞する63デジタルなんて怖くない88鳩がよぶ54ここゼロ番地48せいけつな懐疑は92まだ限界をしらず80感性知性情念132つき抜けつき抜けた56括弧とじてひらいて40イメージの槍に92いっしゅんと永劫が69競いあう40クラスター72紫のグラデーションは80早寝のロバと176もつ

れ合って112ご相談に応じ104万にひとつの58くだけた話63あまくだる
208三角定規の92かんぺきな仲裁104割りきって58探査機から69ダダま
って消える100むかんけい52お次のわきくすぐって120非情にまがる63
フェルマータの88ゆくさきは96ちんたいもんだい66住所不定の132ジ
ェット機は髭で54無法の球蹴る98しゃぼんしゃぼん92純粋ビートの
72毛布《ケット》あげて60ねぇむいねぇむい72やまいだれのむすめ80正しく笑
う48世界のぞうり虫が69いろあせて96となえる108じゅげむの76うる
わしい探求は176とんでとんだ愛102補導され58ほてった104くちびる126
かにんぐハム84ほとんどしばし44居なくなる63キリエの菌と56ピチ
カートの88内的相関に120答えはノンです116マッチする44例題はなく
76あふれても132ばらはばら176落書きに走る92春のめぐすり56宗派と
わず104鶏な…き犬…をかむ100旗ふって92ほしいままに126終…り終…
る終れば76冬…の星座88しんしんと40シミな…なつ48ふたつ残った
50ふかいふ…かい…夢52ブルー63ちん…黙する108五分三十一秒の…

＊100台のメトロノームがいっせいに解き放たれるや、異なる速度が片言の驟雨となり、やがて減衰してゆく。ジョルジ・リゲティ（1923～2006）のコンポジション「poeme Symphonique For 100 metronomes」を、サンチョが聴取したことばを記したもの。文中の数字はメトロノームの速度。

オペラ館

なぜここに鸚鵡の極彩色の羽根衣装をまとった鳥刺し
なぜここに複雑なリズムで咳き込む蛇口
なぜここにふたりの人足のぶかっこうな馬
なぜここに風車に吊上げられたぼろぼろの騎士
なぜここに透明な翼をひろげた天使
なぜここに荷馬車に積まれた棺桶
なぜここに宙に浮かぶ階段をおりる花嫁
なぜここに膝にのせた少年にボンボンを与える王女
なぜここに脈打つアクリルの心臓
なぜここに黒人の執事と緑と赤のリボンをつけた子豚

なぜここに愉しげにふるえる幼い楽譜帳
なぜここにバッカスに赦しを乞うよっぱらい
なぜここに蒼白な婚礼　親族のあんぐり空けた口
なぜここに気まぐれに跳ねる鳩時計
なぜここに前金を差し出す黒マントの男
なぜここにギザギザに裂けたペーパームーン
なぜここにウンコちゃんの手紙を読む従妹《ベーズレ》ちゃん

……これこれのものはこれこれの
ようにしておかねばならない。
そうでないと小鳥が唄えないから……（パウル・クレー）

ドン・キホーテ異聞　目次

付記

この戯作に貴重な挿画四点を寄せてくださった藤富保男氏に千万の感謝を申し上げます。また、思潮社の小田久郎氏と小田康之氏、編集の髙木真史氏の親身なご配慮に厚く御礼申し上げます。

ドン・キホーテ異聞《いぶん》

著者
國峰照子《くにみねてるこ》
発行者
小田久郎
発行所
株式会社　思潮社
〒一六二—〇八四二　東京都新宿区市谷砂土原町三—十五
電話〇三（三二六七）八一五三（営業）・八一四一（編集）
FAX〇三（三二六七）八一四二
印刷所
創栄図書印刷株式会社
製本所
誠製本株式会社
発行日
二〇一一年七月三日